Analyse de l'œuvre

Par Alba Díez de Ure

Une chambre à soi

Virginia Woolf

lePetitLittéraire.fr

Analyse de l'œuvre

Par Alba Díez de Ure

Une chambre à soi

Virginia Woolf

Rendez-vous sur lepetitlitteraire.fr et découvrez :

Plus de 1200 analyses
Claires et synthétiques
Téléchargeables en 30 secondes
À imprimer chez soi

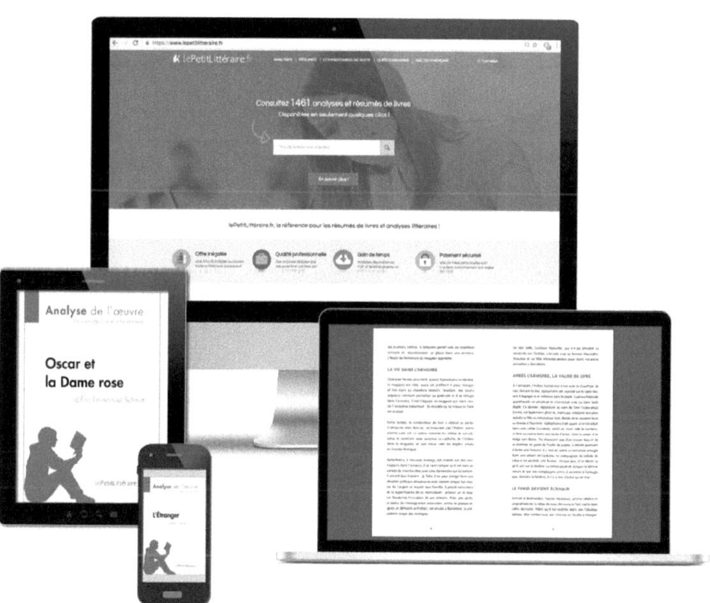

VIRGINIA WOOLF

ROMANCIER ET ESSAYISTE ANGLAIS

- **Né à Londres en 1882.**
- **Décédé à Rodmell (Royaume-Uni) en 1941.**
- **Travaux notables :**
  - *Mrs. Dalloway* (1925), roman
  - *Au phare* (1927), Roman
  - *Orlando : A Biography* (1928), roman

Virginia Woolf est l'un des auteurs modernistes les plus importants du XXe siècle et une pionnière dans l'utilisation de nombreux procédés expérimentaux de prose. Elle faisait partie du groupe de Bloomsbury, un groupe artistique et littéraire d'intellectuels et de bohémiens qui partageaient des idées sur la philosophie et les arts et rejetaient les habitudes traditionnelles. Woolf était également une éminente défenseuse des droits des femmes et la fondatrice de la Hogarth Press, par laquelle elle a publié la plupart de ses œuvres.

Au cours de sa carrière littéraire, sa prose n'a cessé d'évoluer vers une narration et des dispositifs narratifs plus expérimentaux. Par exemple, elle a été une pionnière dans l'utilisation de la technique du flux de conscience (un procédé littéraire qui vise à capturer la multitude de pensées qui traversent l'esprit d'un personnage dans le cadre d'un récit non linéaire).

Sa vie et son œuvre ont été affectées par ses dépressions sporadiques : elle a été internée et a tenté de se suicider à plusieurs reprises au cours de sa vie. À l'âge de 59 ans, après avoir connu une nouvelle crise de dépression et s'être inquiétée du début de la Seconde Guerre mondiale, elle se noie dans la rivière Ouse, près de Monk's House, sa maison dans le Sussex (Royaume-Uni).

UNE CHAMBRE À SOI

UN POINT DE REPÈRE DANS LA PENSÉE FÉMINISTE

- **Genre :** essai
- **Édition de référence :** Woolf, V. (2012) *Une chambre à soi et Le voyage au dehors*. Londres : Wordsworth Classics.
- **1ère édition :** 1929
- **Thèmes :** droits des femmes, accès des femmes a l'éducation, histoire de la littérature, femmes écrivains, histoire des femmes.

A Room of One's Own est un essai de Virginia Woolf qui examine de manière critique la place qu'occupent les femmes dans la littérature et considère ce qui est nécessaire pour que les femmes deviennent des écrivains. Il est basé sur deux conférences données par Woolf au Newnham College et au Girton College (collèges pour femmes de l'université de Cambridge) en 1928. La thèse principale de l'essai est qu'une femme aura besoin « d'argent et d'une chambre à elle si elle veut écrire de la fiction » (p. 29). Par cette affirmation, Woolf exprime la nécessité pour les femmes d'atteindre l'indépendance économique afin de produire des œuvres culturelles.

Cet essai a permis à Woolf de s'imposer en tant que défenseur des droits des femmes et a fourni les bases théoriques du mouvement des droits des femmes à un stade très précoce. Son message était révolutionnaire à l'époque, et son essai a été redécouvert dans les années 1960 comme un écrit clé qui examine en profondeur l'accès des femmes à la culture et fournit les bases de la théorie féministe ultérieure.

l'époque, et son essai a été redécouvert dans les années 1960 comme un écrit clé qui examine en profondeur l'accès des femmes à la culture et fournit les bases de la théorie féministe ultérieure.

RÉSUMÉ

L'ÉNONCÉ DE LA THÈSE : DE L'ARGENT ET UNE CHAMBRE

Au début du texte, Woolf choisit un point de vue à la première personne pour livrer sa thèse : les femmes ne peuvent devenir écrivains qu'en accédant à l'indépendance économique. Elle explique ensuite qu'elle va abandonner ce point de vue personnel au profit d'un nouveau narrateur fictif et sans nom. En outre, elle déclare que son objectif est d'expliquer le cheminement de la pensée qui l'a conduite à cette conclusion.

UNE VISITE À OXBRIDGE

La narratrice visite « Oxbridge » (une université fictive qui regroupe les universités de Cambridge et d'Oxford, les deux établissements d'enseignement les plus exclusifs du Royaume-Uni). Elle est assise au bord d'une rivière, plongée dans ses pensées, lorsqu'elle est interrompue par un bedeau (un fonctionnaire/travailleur de l'université) qui lui dit qu'elle ne peut pas être là. Lorsqu'elle tente de se rendre à la bibliothèque, elle apprend qu'il lui est également interdit de le faire à moins d'être accompagnée d'un homme. Elle se promène ensuite et réfléchit au pouvoir économique de ceux qui étudient et travaillent à Oxbridge. Elle décide d'aller déjeuner dans la salle à manger, où un grand banquet est servi et où des conversations profondes ont lieu. Le soir, elle dîne à

Fenham, qui symbolise les nouveaux (à l'époque) collèges pour femmes. Là, le dîner est moins copieux. Ensuite, elle rencontre son amie Mary Seton et discute des difficultés rencontrées par les collèges de femmes dans leur recherche de financement et de soutien politique, contrairement aux collèges d'hommes.

LE BRITISH MUSEUM : L'OPINION DES HOMMES SUR LES FEMMES

Le lendemain, la narratrice visite le British Museum pour réfléchir aux conditions nécessaires à la création de l'art (et donc de la littérature). En consultant le catalogue de la bibliothèque du British Museum, elle constate qu'il y a beaucoup de livres écrits par des hommes sur les femmes. Elle est surprise de voir à quel point les opinions des hommes sur les femmes sont péjoratives. Elle pense que les hommes ne sont pas assez confiants dans leur position de pouvoir et que ce n'est qu'à travers leurs propos désobligeants à l'égard des femmes qu'ils semblent se rassurer sur leur propre supériorité.

Elle explique qu'elle a reçu un héritage annuel de 500 livres sterling de sa tante décédée (une somme assez importante pour que n'importe qui à l'époque puisse vivre raisonnablement bien), ce qui lui a permis d'être économiquement indépendante. Pour elle, c'était plus important que d'obtenir le droit de vote aux élections la même année. De retour chez elle, elle réfléchit également au travail domestique et à la manière dont il a été privé de sa valeur, et dont les petits travaux ne permettent généralement pas aux femmes d'être économiquement indépendantes ou épanouies.

UN REGARD SUR L'HISTOIRE :
LA VIE DES FEMMES INCONNUES

La narratrice lit l'*History of England* du professeur Trevelyan (1876-1962) et découvre que le fait de battre sa femme était courant et largement accepté vers 1470. Elle réfléchit ensuite à l'image de la femme dans la littérature : on parle beaucoup des femmes dans les œuvres des poètes et des écrivains. Cette image contraste avec une réalité où les femmes ont effectivement été la propriété de leurs maris, laissées sans éducation et sans possibilités de gagner un revenu. Elle constate également que les livres d'histoire ne contiennent aucune information sur ce qu'était la vie des femmes ordinaires et exhorte son public à enquêter et à écrire à ce sujet.

Elle imagine ensuite la vie de Judith Shakespeare (nom fictif de la sœur de William Shakespeare). Woolf la décrit comme une femme ayant le même talent et le même penchant pour la littérature que son frère, mais qui rencontre de nombreux obstacles qui l'empêchent d'écrire. Frustrée et découragée, elle finit par se suicider. Woolf affirme que de nombreuses femmes dans le passé, si elles avaient été éduquées et encouragées, auraient été des romancières ou des poètes.

Plus tard, en parcourant une étagère, elle mentionne quelques femmes écrivains, dont Aphra Behn (la première femme à gagner sa vie comme écrivain, 1640-1689), et considère comment, à partir du milieu du 18e siècle, les femmes de la classe moyenne ont commencé à écrire, déclenchant ainsi une révolution. Elle mentionne Jane Austen (1775-1817), George Eliot (1819-1880), Emily Brontë (1818-1848) et Charlotte Brontë (1816-1855), qui sont tous devenus célèbres pour leurs talents littéraires. Cependant, elle critique le fait que, lorsque ces femmes ont écrit, elles étaient troublées par leur statut de femme : certaines se sentaient contraintes et d'autres en colère contre leur position dans la société.

LES FEMMES QUI TROUVENT LEUR VOIX ET L'ESPRIT ANDROGYNE

La narratrice se penche maintenant sur les écrivaines qui sont ses contemporaines, en se concentrant sur Mary Carmichael (une femme fictive) et son roman *Life's Adventures*. La narratrice constate que Carmichael a réussi à oublier son propre sexe dans ses écrits, ce qu'elle considère comme positif. Elle la voit comme un modèle pour les autres femmes écrivains du futur, dont les talents seront développés à partir de là.

De retour chez elle le lendemain, la narratrice regarde par la fenêtre et voit un homme et une femme sauter dans un taxi. Elle réfléchit à la relation entre les sexes en 1928 et à la façon dont la supériorité des hommes a été remise en question par le mouvement suffragiste. Elle poursuit en affirmant que les meilleurs esprits ne sont ni masculins ni féminins mais androgynes, et que ce sera une tendance à l'avenir.

CONCLUSION

Woolf réapparaît en tant que narratrice. Elle confirme sa thèse: les choses matérielles comme une chambre et de l'argent sont nécessaires aux femmes pour créer des œuvres littéraires. Pour conclure son discours, elle exhorte ses auditeurs à écrire au nom des femmes du passé qui n'ont pas pu le faire.

CONTEXTE

Woolf a écrit *A Room of One's Own* pendant l'entre-deux-guerres. C'était une époque de changements sociaux rapides, et son essai représentait un point de vue très progressiste en matière de relations entre les sexes et de droits des femmes.

LES RACINES DU FÉMINISME

Lorsque Woolf a écrit *A Room of One's Own*, les femmes en Grande-Bretagne vivaient une révolution.

Certaines des causes de ce changement peuvent être trouvées avant 1928. Bien que, depuis la révolution industrielle, de plus en plus de femmes aient commencé à travailler en dehors de leur foyer, ce n'est qu'au cours de la Première Guerre mondiale qu'elles sont entrées dans la vie active en nombre significatif, pour remplacer les hommes partis au front. Lorsque la guerre s'est terminée et que les hommes ont pu reprendre leur travail, certaines femmes étaient déjà émancipées et exigeaient d'être économiquement indépendantes. Ce nouveau mouvement de protestation des jeunes femmes s'est développé parallèlement au mouvement suffragiste, qui faisait pression pour que les femmes obtiennent le droit de vote depuis la seconde moitié du XIXe siècle.

En fait, Woolf donne une perspective historique du mouvement des femmes dans *A Room of One's Own*. Elle cite plusieurs réalisations des années précédant

1928 : les premiers collèges pour femmes ont été ouverts en 1866 ; à partir de 1880, les femmes pouvaient posséder des biens ; et en 1918, les femmes propriétaires âgées de plus de 30 ans ont obtenu le droit de vote. L'année même de la publication de *A Room of One's Own*, le droit de vote a été étendu aux femmes de plus de 21 ans, sans condition de propriété.

En matière de scolarité, l'éducation de base pour les femmes n'a été rendue obligatoire que dans les années 1870. Cependant, les femmes sont généralement tenues à l'écart de l'enseignement supérieur. En fait, bien que les collèges de Girton et de Newnham aient offert un enseignement aux femmes, ils ne proposaient pas de diplômes officiels, mais des « diplômes titulaires ». Woolf elle-même n'est jamais allée à l'université, bien qu'elle ait été scolarisée à domicile comme sa sœur et qu'elle ait eu un accès étendu à la bibliothèque de son père, dans laquelle elle s'est instruite elle-même.

L'essai de Woolf a donc été publié à une époque où les droits des femmes étaient un sujet populaire (tant chez leurs défenseurs que chez leurs détracteurs). Son œuvre n'est l'un des premiers textes de critique féministe jamais écrits. *A Room of One's Own* devient ainsi une pièce fondatrice de la pensée féministe en Grande-Bretagne, avec *A Vindication of the Rights of Women* de Mary Wollstonecraft (1759-1797) et *Silly Novels by Lady Novelists* de George Eliot.

En 1928, Woolf a également publié *Orlando: A Biography*, un roman qui traite également des questions de genre, son protagoniste passant de l'homme à la femme sur une période de 400 ans.

L'AVANT-GUERRE : UNE SOCIÉTÉ EN MUTATION

Lorsque Woolf a publié son essai, les modes de vie et les mentalités évoluaient rapidement en Grande-Bretagne. Après une guerre dévastatrice, les gens avaient hâte de laisser le passé derrière eux. La tradition était désapprouvée par une partie de la société, et de nombreuses personnes aspiraient au progrès économique et politique. C'était une époque révolutionnaire à bien des égards : le communisme est devenu une force politique majeure, Albert Einstein (1879-1955) et d'autres contemporains transforment les idées scientifiques et philosophiques, et l'art est dominé par l'avant-garde.

Les nouvelles idées et les expérimentations sociopolitiques étaient omniprésentes, et un nouveau type de littérature a également émergé de cet environnement fertile. Virginia Woolf et certains écrivains contemporains comme James Joyce (1882-1941) et T. S. Elliot (1888-1965) étaient à la recherche de nouvelles méthodes pour créer un nouvel art, dans le cadre du mouvement moderniste.

A Room of One's Own est un essai, mais il comporte de nombreuses expériences formelles qui ressemblent à la technique du stream of consciousness (un dispositif narratif où les pensées du personnage sont présentées de manière non linéaire, que l'on retrouve souvent dans la fiction moderniste). La décision de Woolf de ne pas s'en tenir à un seul narrateur fait également partie de ces expériences formelles.

En outre, les idées de Woolf sur les droits des femmes étaient avancées à l'époque, mais son affirmation selon laquelle les esprits du futur seraient androgynes était révolutionnaire. Le même mois où elle a donné ses conférences à Girton et Newnham, Woolf a publié son roman *Orlando : A Biography*, dont le protagoniste passe de l'homme à la femme.

ANALYSE

LE NARRATEUR FICTIF

Au début de l'essai, Woolf parle d'un point de vue à la première personne. Cependant, cette voix narrative se transforme par la suite en un autre narrateur dont nous ignorons le nom. En fait, Woolf affirme que le nom de ce narrateur n'est pas important. Les lecteurs savent seulement que la narratrice est une femme.

Ce personnage fictif est créé comme un dispositif rhétorique. En ne donnant pas de nom à sa narratrice, Woolf crée une voix universelle pour ce qu'elle présente comme une vérité universelle : les femmes ne peuvent pas créer d'œuvres littéraires si elles n'ont pas leur propre chambre.

PAUVRES, DISTRAITES, NON ÉDUQUÉES, DÉCOURAGÉES ET SANS MODÈLE : LES PROBLÈMES DES FEMMES ÉCRIVAINS

Dans son essai, Woolf se demande quel type d'état d'esprit est nécessaire à la création littéraire, et constate qu'il faut un esprit sans obstacles ni barrières. Elle réfléchit ensuite aux types d'obstacles auxquels les femmes ont été confrontées au cours de l'histoire.

Le premier et le plus important d'entre eux sont les obstacles matériels. En d'autres termes, et selon Woolf, les femmes ont été soumises à la pauvreté économique tout au long de l'histoire, une condition qui les a empêchées de faire beaucoup de choses, y compris de créer des œuvres littéraires.

Elle informe les lecteurs/publics qu'elle a récemment reçus d'une tante un héritage annuel de 500 £. Cet argent lui a permis de devenir économiquement indépendante et de se consacrer à l'écriture. Ainsi, sa thèse principale s'appuie sur son expérience personnelle.

La chambre dont parle Woolf est à la fois littérale et métaphorique. Elle est littérale dans le sens où, tout au long de l'histoire, les femmes n'ont pas eu de chambre privée pour étudier ou lire (comme certains hommes), mais ont dû partager une chambre et un salon. C'est aussi une métaphore : un endroit où les femmes peuvent être seules avec leurs pensées, loin des distractions. Elle médite sur la façon dont l'éducation des enfants et l'entretien de la maison ont empêché les femmes d'avoir leurs propres intérêts, y compris l'écriture. En fait, elle mentionne que Jane Austen, les sœurs Brontë et George Elliot étaient toutes sans enfants.

Woolf est également mécontente du fait que la plupart des femmes à travers l'histoire (y compris elle-même) n'ont pas reçu d'éducation formelle. Alors que les frères de Virginia sont allés à l'université de Cambridge, elle et ses sœurs sont restées à la maison. Elle insiste sur le fait qu'une éducation formelle est essentielle pour que les femmes deviennent des écrivains.

En outre, l'auteur examine comment l'hostilité et le découragement ont pu influencer les femmes qui auraient pu penser à devenir auteurs. Woolf affirme que la société n'a jamais pris au sérieux les ambitions des femmes, et explique que de nombreuses femmes qui ont écrit ont dû le faire de manière anonyme ou adopter un pseudonyme masculin. Par exemple, Woolf mentionne comment Jane Austen avait honte d'écrire et cachait ses manuscrits avant de pouvoir finalement les publier. Woolf renforce ce point en présentant également le cas de la fictive Judith Shakespeare. Elle avait le même talent pour la littérature que son frère, mais elle était sans éducation et persuadée par le monde extérieur de se marier, d'avoir des enfants et de garder la maison ; parce qu'elle était une femme, elle ne pouvait même pas se promener seule dans les rues, et son ambition de devenir actrice de théâtre et d'écrire étaient ignorées ou moquées. Consumée par ce découragement, elle s'est suicidée.

Enfin, Woolf critique également le fait qu'il n'existe pas de tradition d'écriture féminine vers laquelle les femmes peuvent se tourner. En parcourant l'histoire de la littérature, elle observe qu'il y a très peu d'écrivains féminins de qualité (pour toutes les raisons mentionnées ci-dessus) et que cela peut décourager d'autres femmes de devenir elles-mêmes écrivains.

LA REPRÉSENTATION DES FEMMES DANS LA FICTION

Lorsqu'elle aborde le thème des femmes et de la fiction, Woolf cherche également à réfléchir à la manière dont les femmes ont été dépeintes dans les œuvres de fiction à travers l'histoire.

Woolf écrit que les femmes ont été les protagonistes de certaines œuvres de fiction écrites par des hommes, et cite Antigone et Cléopâtre comme exemples. Cependant, comme elle le souligne, cela contrastait fortement avec la situation des femmes dans la vie réelle, où elles étaient « complètement insignifiantes » (p. 69).

Elle affirme également qu'il existe un déséquilibre majeur dans la littérature, car les femmes dans la fiction ont été dépeintes principalement par des hommes, créant ainsi une fausse notion de ce que sont réellement les femmes.

De plus, selon Woolf, les femmes ont toujours été dépeintes en relation avec d'autres personnes (surtout les hommes). Tout au long de l'histoire, elles sont apparues dans la fiction principalement comme des mères et des épouses, et non comme des individus ayant un point de vue ou une personnalité unique. Cette inégalité ne peut être corrigée que si les femmes commencent à devenir des écrivains, apportant leurs propres perspectifs sur la vie.

De plus, Woolf affirme que, tant dans la fiction que dans d'autres types d'écrits d'hommes, « les femmes n'aiment pas les femmes » (p. 106). Selon l'auteur, les relations entre deux ou plusieurs femmes ont été rendues soit simplistes, soit troubles. Elle invente alors un écrivain (Mary Carmichael) et un roman qu'elle écrit sur des femmes qui s'aiment. Cela pourrait être interprété comme une référence au lesbianisme, car Woolf elle-même avait séjourné à Girton avec son amante Vita Sackville-West. En outre, dans les mois précédant les discours de Woolf à Girton et Newnham, le roman à thème lesbien de l'auteure Radclyffe Hall (1880-1943), *The Well of Loneliness, avait* été jugé obscène par un tribunal britannique. Avant de parler des filles qui s'aiment, Woolf demande si Sir Chartres Biron (magistrat en charge du procès de Hall) est caché quelque part dans l'auditorium.

Son commentaire sur les femmes qui s'apprécient peut également être interprété comme une référence à la nécessité pour les femmes de s'associer entre elles afin de se donner les moyens d'acquérir une chambre à elles, et donc d'écrire.

S'ADRESSER À L'AUDITOIRE

Cet essai est basé sur deux conférences données par Virginia Woolf au Newnham College et au Girton College (collèges féminins de l'université de Cambridge) en 1928. Dans ses discours, Woolf a saisi l'occasion d'exhorter ces étudiantes à agir sur le présent, ce qui se reflète dans le livre, puisque la narratrice s'adresse souvent à l'auditoire.

Cela est visible, par exemple, dans son utilisation constante de questions rhétoriques. Mais il y a des extraits plus évidents, comme lorsqu'elle demande à « un brillant étudiant de Newnham ou de Girton » (p. 59) d'écrire sur l'histoire des femmes de la classe moyenne, ou lorsqu'elle exhorte le public à « rassembler des exemples de l'opposition des hommes à l'émancipation des femmes » (p. 67).

C'est toutefois à la fin du livre que Woolf tente de persuader son public de manière plus décisive. Dans ses derniers mots, l'auteur encourage le public à écrire pour ces femmes du passé qui n'ont pas eu droit à l'éducation et à l'indépendance économique et qui, par conséquent, n'ont pas pu écrire.

POURSUITE DE LA RÉFLEXION

QUELQUES QUESTIONS À MÉDITER...

- On a reproché à cet essai de ne traiter que des problèmes rencontrés par les femmes blanches des classes moyennes et supérieures. Trouvez des preuves dans le texte pour soutenir ou discréditer cet argument.
- Comparez cet essai à *Three Guineas*, un livre ultérieur de Woolf publié en 1938 qui analyse également les questions relatives aux droits des femmes. Comment le point de vue de Woolf sur les femmes a-t-il évolué au fil des ans ?
- Faites des recherches sur la vie de n'importe quelle femme écrivain qui a vécu avant la publication de *A Room of One's Own*. Trouvez-vous des facteurs mentionnés par Woolf (manque d'éducation, dépendance économique, distractions) qui aurait pu jouer un rôle en les décourageant de devenir écrivains ?
- Lisez *A Vindication of the Rights of Women* de Mary Wollstonecraft. Quels sont les principaux droits des femmes pour lesquels ce texte féministe précoce a fait campagne ? A-t-il des points communs avec ce que défend *A Room of One's Own* ?
- Identifiez les principaux auteurs féministes du XXe siècle qui citent ce livre comme source d'inspiration.
- Faites des recherches sur la vie personnelle de Woolf, son éducation et ses amis. Expliquez comment cet

environnement a pu l'aider à développer les idées présentées dans cet essai.

- Examinez la vie d'Aphra Behn, la première femme à gagner sa vie en écrivant. En quoi sa vie, sa carrière et sa réputation étaient-elles différentes de celles des écrivains masculins de l'époque?
- Étudiez un personnage féminin célèbre dans une fiction écrite par des hommes (par exemple, Antigone). Comparez sa vie fictive à la vie des femmes réelles à la même époque et au même endroit.

AUTRES LECTURES

ÉDITION DE RÉFÉRENCE

- Woolf, V. (2012) *A Room of One's Own & The Voyage Out.* Londres : Wordsworth Classics.

ÉTUDES DE RÉFÉRENCE

- Alexander, S. (2000) *A Room of One's Own* : 1920s Feminist Utopias, *Women: A Cultural Review,* 11:3, 273-288. [En ligne]. [Consulté le 6 novembre 2018]. Disponible sur : < https://www.tandfonline.com/doi/abs/10.1080/09574040010007733>

- Bowlby, R. (2016) Une introduction à *Une chambre à soi. British Library.* [En ligne]. [Consulté le 9 octobre 2018]. Disponible à l'adresse suivante : < https://www.bl.uk/20th-century-literature/articles/an-introduction-to-a-room-of-ones-own>

SOURCES SUPPLÉMENTAIRES

- Bell, Q.N. (1972) *Virginia Woolf: A Biography.* Londres, Hogarth Press.

- Woolf, V. (2003) *Le journal d'un écrivain : Being Extracts from the Diary of Virginia Woolf.* Londres : Harvest Book.

ADAPTATIONS

- *Une chambre à soi.* (1991) [Série TV]. Patrick Garland. Réalisateur. Royaume-Uni : PBS.

PLUS DE BRIGHTSUMMARIES.COM

- Guide de lecture – *Mrs Dalloway* de Virginia Woolf.

- Guide de lecture – *Le Phare de* Virginia Woolf.

LePetitLittéraire.fr

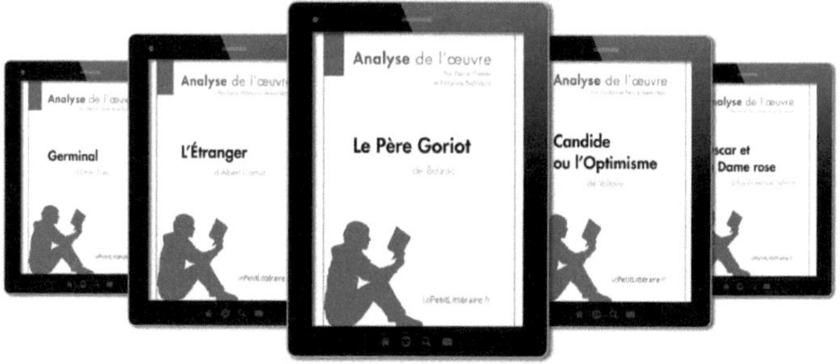

- des analyses de livres
- des fiches de lectures
- des commentaires littéraires
- des questionnaires de lecture
- des résumés

**Retrouvez
notre offre complète sur
lePetitLittéraire.fr**

www.lepetitlitteraire.fr

ISBN version numérique : 9782808684323
ISBN version papier : 9782808685122
Dépôt légal : D/2023/12603/1012

Conception numérique : Primento,
le partenaire numérique des éditeurs.